野泉流韵

赵永圣诗选

赵永圣　著

哈尔滨出版社

图书在版编目（CIP）数据

野泉流韵：赵永圣诗选 / 赵永圣著 . —哈尔滨：
哈尔滨出版社, 2023.4
ISBN 978-7-5484-7058-8

Ⅰ.①野… Ⅱ.①赵… Ⅲ.①诗集—中国—当代
Ⅳ.①I227

中国版本图书馆 CIP 数据核字 (2022) 第 256042 号

书　　名：**野泉流韵：赵永圣诗选**
YEQUAN LIUYUN：ZHAOYONGSHENG SHI XUAN

作　　者：赵永圣　著
责任编辑：李维娜
封面设计：稻田文化

出版发行：哈尔滨出版社（Harbin Publishing House）
社　　址：哈尔滨市香坊区泰山路82—9号　　邮编：150090
经　　销：全国新华书店
印　　刷：成都市兴雅致印务有限责任公司
网　　址：www.hrbcbs.com
E-mail：hrbcbs@yeah.net
销售热线：（0451）87900202　　87900203

开　　本：880mm×1230mm　　1/32　　印张：7　　字数：60千字
版　　次：2023年4月第1版
印　　次：2023年4月第1次印刷
书　　号：ISBN 978-7-5484-7058-8
定　　价：68.00元

凡购本社图书发现印装错误，请与本社印制部联系调换。
服务热线：（0451）87900279

目　录

第一辑　坐看云起时

第二辑　野泉流韵

第一辑

坐看云起时

一

（一）

盘古睁开蒙眬的睡眼
——左眼叫时间　右眼叫空间
打一个喷嚏　宇宙
便颤抖着膨胀起来

一团炽热的概念
被冰蓝的天空淬得毕剥作响
他因高烧而红肿的双眼
在冷敷中开始镇静

（二）

自星星们有了自己的名字
夜就不再夜了　星星们
成了快活的小精灵
一闪一闪眨着眼睛
这应该是与人类对话的哑语

亿万年来　总有人试图破译
可惜　至今
只有晚来早走的露珠能懂

(三)

谁还会相信
隐居　也是一种生活
餐兰饮露　也可以活得潇洒

当咖啡在都市
满大街地流淌成污染
当一杯清茶被霓虹
搅浑了本真的色香

拜神求佛　我们还求什么

(四)

子女的头上插一茎草
竟也能成为商品
集市拥挤　与轩车无关

硕鼠躲身在《诗经》里
养了数千年
减肥　头等的主题

历史　就是一根木棍
一蓑烟雨

（五）

一条河有多深
一条河有多宽
七夕　鹊鸟的灾难

扶筐里盛的是花是果
在此岸　等了几千年
不腐烂　有情的保鲜

织机的颤音
能否织一件棉衣
为心御寒

二

(一)

一个旧世界的毁灭
一次世界的重新整合
冷却　　结果
老酒倒入新瓶
味　是浓　是薄

谁醒了　　谁醉了
谁在哭　　谁在歌
空间被时间切割出清浊

(二)

乌鸦在阳光下
扇动比黑夜更黑的翅膀
狼族的传奇在人间
流行如瘟疫
让人类史堵塞了急诊室

这世界　每时每刻
都有人失踪
让自己找不到自己

（三）

雨后的黄昏　雪霁的清晨
收容下你回眸今宵的容颜

明日复明日
火车　飞机
都是无法相约的归期

何必回眸　何必凝视
陌路是一根等待手指的琴弦

就让曾经的美丽永远美丽

（四）

突然想远行
突然莫名地向往远方

陌生的山水　陌生的人群
和自己听不懂的土语

缄口闭眼
都是曾经拥有的悠然

或者与一座与己无关的山
对视交流　用与人无关的心语

（五）

拽着您的手
感觉皱褶在手心越来越密地蠕动
就像一群光阴的小虫
母亲　您的步履也逐渐蹒跚
跟不上儿的脚步

笑的祝福暖在身后
母亲　让儿携您的手在沙滩漫步
直至晚霞含笑谢幕

三

（一）

寿陵少年
自邯郸匍匐而归
笑煞俗人
成一部数字经典
自古　讲到今

白马建了寺　猪猴成了佛
唐僧带回的书
读懂了几人

（二）

天　其实就是一个
随娘不断改嫁的孩子
在汉府姓刘
到唐府姓李
就连民族

在元清也不明了

孩子大了　　总该认祖归宗
元谋人　或是　山顶洞

(三)

带上一本诗集
带上一段爱情
丢开一些思想
丢开一个梦想

走　去放牧
把一根牧鞭甩得五彩缤纷
把一支牧歌唱得神采飞扬
放牧白云　　放牧自己

(四)

出发总在清晨　　归来总是黄昏
清晨与黄昏之间　　塞满了
应酬的烟酒　工作的纸墨
相逢点头的一笑　　麻木了

亲情与仇恨　突然的一刻
电话传来母亲饱含草药味的
声音
泪重新想起了儿时的脸颊

（五）

没有饯行的出发
如已经没有了主人的地址
和手机里已是空号的友人

蓝天上飞翔的通途
终点栽满了叫作无花果的植物
一片放错了位置的浮云
无力表达路标的意旨
出发　不为寻找　只为忘记

四

(一)

三闾大夫是个什么职称
为什么总惹老总不高兴
一江东流的水只可用来酿酒
醉成中国特色的脸红

划行在传说里的龙舟越来越快
口干舌燥的呐喊锤击沧海的宁静
一梦千秋是远去的猿鸣
滔滔江水流放两岸千古柔情

(二)

唾沫其实是一种
美丽的花朵
珍贵地开在别人的嘴上
招引庄周的蝴蝶
笑一笑　是失忆最新鲜的蔬果

产地是浩荡的沙漠

在天亮之前　扛上一捆草
去狠狠地撞出一场风雪

（三）

捡一颗星星放进梦中
照亮远游的行程
人生　就是一次不归的远行
从母亲的怀里出发
终点　在雾的后面
在风的掌中

把所有含泪的日子打包托运
给自己多一点阳光的轻松

（四）

这是一个从宋词里走来的下午
茶还没有煮熟
风已经在枣树上飘落了

两棵站成哲学的枣树
用细碎的绿叶遮掩
短裙和低垂的吊带
名牌的劣质香水
埋葬了枣花簌簌淡香
叫卖声都囚进超市里去了

（五）

上天一个趔趄
起风了

石缝里蹦出一只猴
高高兴兴跑到西天
取来一堆称作经的书
从前翻到后　从后翻到前
只一句话——会降妖除魔
齐不了天

五

（一）

电闪雷鸣　如此干脆
撕裂彤云的滞重　雨里雾里
失的　何止是无主的楼台

球赛还没有散场
晚报上的海员还没有回来

沙漠　大海　球场之外
大厦上空
一只燕子匆匆掠过

（二）

路　走到无路
天　黑到无天
之后
水开始汹涌地凝结

凝结成冷酷的固体
在无路之外
与黑撞击　一星火
用燎原之势　展开蓝天

（三）

动物园里
一群猴　相聚
品着免费午餐
欣赏笼子里的人
指手画脚的表演

敬佩这智慧而
奇怪的动物
把同类装进笼子的天才

（四）

大江东去
浪　以千古不变的节奏
在岸边岩石上
拍打联想丰富的夜曲

逝川不减逍遥东赴的风流

篝火嘎啦作响
三脚架上　一锅清江水
沸煮一弯褶皱的眉月

（五）

历史的长河上
一个空酒瓶
醉醺醺地
顺流而下

文韬武略的辉煌
在深深的帷幄之中
酿成千年陈酿　醉倒了多少
前赴后继的宫廷住客

六

（一）

造物把猿变成人
用了数百万年
而人　把人
变成猿猴　只需
一声喝令

消逝的猿鸣呀　咆哮了
白日下的江河　乌龟
捎　一张两栖的嘴逍遥人间

（二）

当天知道了自己是天
之后　离地
便渐行渐远了

黄昏用绯红的笑脸

送给人间每一个暗夜

月亮或圆或缺的足迹里
星星们燃烧着
失眠的歌声

（三）

并不是所有的生命
都能站成坚挺的墓碑
并不是所有的人生
都如墓碑一样完整
岁月里风化的丰功伟业
是血染的炙痛　当历史
坐在墓碑前赏读铭文　碑下
躺着的能有几人不觉脸红

（四）

寂寞拨通电话
给他的孤独兄弟
电波跌跌撞撞
丈量思念的距离

苦恼　忧愁
是疯长在沙漠的植物
一滴水从日历上跳下来
摇响牵挂的驼铃

（五）

一座大山与另一座大山之间
是旱季里失踪了流水的川谷
山民的脚步踏响
倦怠的叹息
如一滴夜露　饱满而沁凉

一阵恐惧　深深地诱惑着
山林阴郁的神秘　一个弃儿
用茫无所知的双眼仰视苍穹

七

(一)

是什么在隐藏我们的生活
一场雪　一阵痛　一句导语
还是高智商的笨拙　自毁取乐

"诗意地生活在大地上"

是的　美好的东西
都有传承的理由
人类无助的胸膛
用呼吸的波涌拒绝荒凉

(二)

行走于堂皇的圣人宫殿
是一种切肤锥心的悲凉
一道道高墙　一重重大门
把圣人流浪的孤魂

隔弃在千年的荒原
建造者们饱餐之后
开始唱歌　开始跳舞
圣人捧一本书　寻不到回家的路

（三）

一群洁白的鸽子
羽毛驮着阳光的灿烂
从右边的麦田　越过公路
飞向左边的菜园

车在赶往赴宴的酒店

头戴核弹头造型帽子的厨师
端上一盘烹乳鸽
让人心惊胆战

（四）

闲暇的冬日午后
田野犹如牧场
散发着檀香气味的阳光

熏染着花白的头发
如青春盎然的小树林
古琴声里和着小鸟的歌唱
向人注视的每一块石头
都仿佛变得年少轻狂

（五）

一场暴风雨
来得如此黑暗
辉煌的阳光
在耳畔闪烁翠绿的鸟鸣
我们的果园呢
园中的红果
还有多少
能够弹拨思想的秋天

八

(一)

再美丽的灯光
也替代不了太阳

给噩梦一声雷吧
一滴雨　一阵风的畅想
给精疲力竭的浪子
一个回家的方向

寒冷和拮据在红灯下叫卖笑声
牛皮癣在夜的皮肤上霓彩飞扬

(二)

陶公弹琴不敢装上琴弦
一如张公画龙
不敢点上眼睛
弹琴　弹琴

弹给谁听
让一支心曲
在自己心里回荡
任身外红尘风起云升

（三）

一只硕鼠
在《诗经》里
养了三千年
穿房越屋的本领
更是高明了
在这打猎违法的
时代里
成了优待动物

（四）

星之所以成为明星
是因为夜之黑更浓

在遍布暗礁的海上
红唇指不出路径

怀揣最后一点良心
温暖受伤的行程

无人等候的码头
悠扬了海妖的歌声

（五）

他们醒来　脸上
露出我睡梦中的笑容
呼吸在风里
吹出夜的黑暗
愤怒与呜咽
敲击出夜的星火
一轮月悬在空中
如飞旋的锯片
剖解夜的冷硬

九

（一）

感恩　山
还有泉在流
感恩　天
还有云在游
感恩一张
满布老茧的手
感恩一声
鸟鸣的清幽

（二）

狼
披上羊皮
一马当先　大喊
打倒披着羊皮的狼
于是
狼

便有了更多的羊皮
可披了

（三）

穿越柳荫小径
脚踏明亮的阳光
感受这个春天
最后的凉爽
灰白的墙壁隐现在前方
淡淡浮游的炊烟
衬托落日余晖
世界美丽又安详

（四）

丢开这锈迹斑斑的铁船
它饱含了太多让人作呕的硝烟

趁桂棹还未在风里腐烂
荡一叶柏舟走进荷丛苇间

寻点点渔火到那一眼清泉

它是水的故乡　海的始源

看素洁的阳光晶莹你的眉梢
听水情风韵里渔歌唱晚

（五）

月亮
这么慵懒地
挂在天空
可是你含怨的泪滴
夜色
好浓的墨
正好润笔　写我
无尽的相思

十

（一）

我相信
石头里面
流淌着血液
真正的原始力量
是色彩　是音乐
给沉默一个使命
让伟大与不朽
在它的阴影里汗颜

（二）

太阳陪我坐了一个下午
疲倦地回家了
丢下一声长长的叹息
砸在我脚下　碎成
寒夜满地凄冷的月光
一丛荆棘在身后

哗哗作响
是什么在骚动

（三）

我们老了
是乡间平常的老头老妇
卑微地　并肩
坐在一块石头上
那么温柔的阳光下晒晒
我的爱人　你看
路边苦菜花间那对蝴蝶
跳的舞蹈多么动人

（四）

春风从天涯来
带着遥远的
泥土的气息
拍打着都市的繁忙
让钢筋水泥
紧绷的神经

感受到一丝花香
一点绿意

（五）

不止一次
在夜深人静时
重重思绪向我袭击
如一群强盗　对乞丐
进行全身的搜查
郊外柔情的庙宇之上
月亮像永恒漂泊的女子
激动我垂死的双眸放出光亮

十一

（一）

在阳光的阴影里
我倾听着来自心灵深处的声音
一种忧伤
托在碧绿的荷叶上
如雨珠摇滚
我们无法看破水底深处的痕迹
自言自语的盟誓
伴无悔的青春沉沦

（二）

一朵云在天空舞蹈
秋风撕扯着我的头发
仿佛有人将我的头颅
敲打成佛徒的木鱼
我努力睁开眼睛
漫天风沙的缝隙间

寻找风蚀的蓝天
和蓝天之上白云的踪迹

（三）

抓一把灿烂的朝霞
揣进怀里
我们便上路了
当玩耍成为一种
沉重的疲惫
鲜花摘下面具
杨柳脱尽伪装
身后传来母亲颤抖的呼唤

（四）

有一杯牛奶就够了
不要许诺我天空和大海
不能分成两瓣的坚硬
是爱的厚重
一个苹果红透的历程
就是生命
完整的幸福之痛

（五）

扶着八条腿的金山
一
条
蛇
站
起
来
了却五百年的尘缘

十二

(一)

一群会预测天气的
蚂蚁　相约
去看看大海

是啊　预测天气
算不得神奇
神奇的是尝一尝
海水的味道

让我们也预测一下事情的后果

(二)

一条船停泊在
莫须有的河岸
身体透明的钓鱼人
娴熟而一本正经地

把一尾小小的鱼儿
装上钓钩　放进河里

愿上钩者早已一网打尽
在远去的成语里

（三）

把闪光的轻狂
愚蠢的期待　焦灼的渴望
统统丢在路上

大海汹涌着
不再纯净的泪水

将青春锻造的铁锚
深深沉入海底
让世界只看到浪花的绽放

（四）

阳光把我钉在墙上
有魔法的笛声

从金丝雀的嫩舌尖
珍珠般滚落
敲打我没有门窗的额头

是该想一想
在乌鸦找到奇怪的水瓶之前
石子还有足够的时间

（五）

一只披过羊皮的狼
吃过几只羊
挨过一次打之后
对自己的错误
进行了严正的反省
认识到
要吃羊　就得
穿牧人的衣裳

十三

（一）

以最优雅的姿态
通过闪亮的刀具
让我们
认识苹果皮的深度
素手以冷白的真实
转动无所适从的周日
阳光
在十八楼的窗子上弹跳

（二）

在春风里
活着
然后死去
擦燃笑的火柴
擎举高贵的幼稚
让目空一切的光阴

尴尬　快乐
与年龄无关

（三）

牧人今天有点发烧
蹲下来　展开羊皮纸
为表示与群羊的亲爱
决定
召集羊群到面前来
做举手鼓掌的游戏
肚子饿了　会议到此结束
今天的晚餐就从不举手的领头羊开始

（四）

昏沉沉的长途车
转弯在
炎热的下午
希望在恐惧里醒来
我看见　路边野花丛中
一块流汗的石头

在半睡半醒的呓语中
呼唤着我

（五）

海在阴沉的天空下
正独自低吟
不速之客的陨石
坠落
激起巨大的水柱
我们看见了海的战栗
却听不见
鱼的哀号

十四

（一）

早上起床
我与表情模糊的苍天
对视了五分钟　然后
顺着一条绳索一样的老路
走进生活
人类的表演技艺
戏剧性地融化
卖艺不再仅仅是一种工作

（二）

折一只小船
小心地放进童真的小溪里

你说　让我们
一起乘船远行

紧握的手心里
我真切地感受着你的激动

独坐此岸　打开三十年的雨夜
伸手向夜空　握一把苍凉

（三）

一只飞蛾
不断地向灯管撞击
它的飘忽的影子
在我睫毛上
像一片树叶在秋风里
旋舞　刺痛
我的灵魂
希望成为火焰

（四）

我真切地看见
一匹马　在天空
驰奔而过

他说是一只鹿
众人说即……又……

难以释怀的痛
其实　只是
一朵云的幻化

(五)

昨夜　我与杜甫
一起喝酒
试图请教一些
与诗有关的问题

杜公滔滔不绝
谈朱门的臭肉　路边的尸骨
飘摇的木船　秋风里的茅屋
梦醒了　酒洒了　诗在诗艺背后

十五

（一）

一朵月季花
开在月光下

闪在清晨的露珠
可是梦的融化

没有果实的一生呀
美丽得让四季尴尬

太阳爬上了蓝天
你又浸入蜂蝶的喧哗

（二）

弱肉强食
据说是一种自然法则
可我不想吃别人

也不想让别人吃掉

写诗是挣扎的方式

无辜的灵魂
踏我的睫毛腾跳　哀悼
是强者手攥的一把钞票

(三)

狂风过去了
而那棵向日葵还站着
丢了太阳的天空下
一片忧郁的云
写满落寞的苍穹
站着的向日葵发出金黄的光芒
在一滴雨的敲击下
迸发出青铜的音响

(四)

把梦留在枕头上
在镀满晨曦的空气里

站起来
身体的每一块骨头
依然闪闪发亮　每夜
我们在黑暗里丢失思想
阳光下　用温暖的痛
针灸灵魂的迷惘

（五）

天黑之后
雨停下来
那对蜗居了一天的蝴蝶
在这样的黑暗里
如何能扇动
麻木的翅膀呀

失眠于黑暗中
不是比死亡更可怕的热吻吗

十六

（一）

酒局散场之后
把一身疲惫
安放在书桌上
静听
月光撩拨窗纱的声音
都市的秋夜
且将满城车鸣
听成故园秋虫的吟唱

（二）

一只灰喜鹊
飞过篱墙之后
菊花香里
把一池秋水
酿成
浓浓醇酒

问谁　与我
共醉今秋

（三）

沿野草挤的瘦瘦的小路走来
一曲遥远的笛音
不忍落足的天籁呀
轻轻拍打
如寄一生的辛苦
刷洗覆满红尘的俗心

（四）

采一束野菊花
编成草帽
戴在头顶
不是展览自己的美丽
只为　遮俗世的眼目
给滚烫的心
一个冷却的归处

（五）

每一声轻叹都结成身后枝头的秋果了
如果下一个春天
我还在匆匆前往的路上
如果丢失了商标的鞋子
还能把这个冬天的白雪踏响
告诉我
生命该用怎样的速度
才能渡向美丽的时光

十七

（一）

把身后的每一个足迹
填入纸白字黑的履历
人生
不过就是这薄薄的一层纸
经不起
风的吹　雨的洗
推推敲敲
总有几分　轻轻叹息

（二）

一枚古钱币
来自古墓里
拭净锈迹斑斑的黄土
露出汗水和血迹
是谁呀　用死亡
在地下黑暗地抱了千年

如今展览在阳光下
方形的孔里吹出腥风落下血雨

（三）

沉重的双脚
在夕阳砸出的阵痛里
跳出大海　水族
腥膻的蜜语
把一枚命运多舛的海螺
亲亲　吻上耳边
静听海的呜咽
海天之间躁动着命运的绝响

（四）

从一双眼睛里
我阅读自己的前世和来生
三月的燕子衔来的绿里
阳光灿烂如一阕宋词
每一朵花的每一片花瓣上
都跳跃着你的名字

前世来生的每一个站台上
都有你婷婷伫立

（五）

独坐温和的下午
沏一杯茶
一叶扁舟便在茶杯里
荡出了繁杂喧嚣
多少重要的闲事
塞满这把紫砂
苦涩的茶汤里
品一丝甜柔淡雅

十八

（一）

昨天在后面推
明天在前面拽
踏着今天的台阶
我　身不由己
走向一片向阳坡上的墓地
回头
发现影子
碎成一地荆棘

（二）

雌性的老佛爷
坐在龙椅上
很雄
以国为家的训诫
句句
都让地球颤动

把亿万国民视为家奴

这家长当得很不轻松

（三）

一轮李太白酒杯里

浸泡过的月

千年了

酒气还醺醺未醒

白兔捣的药

能解得了酒

还是

能消得了愁

（四）

一叶渔舟

风浪里

渐漂渐远

成一只黑陶饭碗

海天挤压

呻吟的岸

密密的网孔里
回头是谁的叹息

（五）

将远方寄来的一片枫叶
揣进怀里
有了这一叶
透心的红
这个冬天
就不会太冷

十九

（一）

门外有声音走过
沉重的脚步
让这夜黑出了深度
一片流浪的枝叶
爬上窗玻璃
大片大片的雪
如失血的玫瑰花瓣
飘舞在思念的天空

（二）

睁大一双孩子的眼睛
面对茫茫万里黄沙
我试图
读出一点绿色
身后的商人
把最后一件商品

（驮他们走出沙漠的骆驼）
卖给屠夫以后　天就黑了

（三）

在一个大雪纷飞的清晨
我把一盆精心种植的迎春花
搬进
开着暖气的室内

室外一片寒白
室内一树暖黄

花谢了　雪还没有融化
室外的天地还冬的深呀

（四）

床前明月光
被千年李白
一网打尽
于是　现代人
在月明之夜

只能瑟缩在厚厚的窗帘后面
从瘦弱的纸币里
寻找故乡

（五）

冬深了　夜
把远山与月色
冻成一块
固体的寒

从何处　传来
一声　两声
雁鸣　把冬夜
敲成颤响的玉磬

二十

（一）

一溪笛声
流淌在浓浓的
水草之间
被雾擦拭一新的阳光
暖暖地
铺展成嫩黄的蕨类植物
地衣上
放倒逃出喧嚣的心情

（二）

信步在饱含荷香的
月光里
一池晚妆绰约的莲花
静静地
站在阑珊灯火的倒影里
彼岸琴声踏微波而来

一根不胜重荷的丝弦
砰然崩断成今夜的梦

（三）

放舟江湖
甩一杆钓钩
通过精心配置的香饵
与不曾谋面的鱼儿
默默交流
钓翁之意
亦有
亦无

（四）

云雾之中
山色亦有亦无
无主的鲜花
把温润的青山香透
松间　石上
泠泠泉水

载几瓣桃花
成远逝的芳舟

（五）

酒吧之外
是否还有醉酒的去处
红袖之外
是否　还有
懂酒醉的人
连天芳草依旧　只是
古道更古了　而长亭
早已被醉汉拆尽

二十一

(一)

两棵枣树之间
蛛网
把十三点钟的阳光
拉成纤长的丝弦

一只雄性的鸟
飞过空荡荡的天空

夏天　热成
一摊浓浓的液体

(二)

流浪的
不只是肉体
也可以是思绪
流浪

不只在空间中
也可以在时间里

让自己去流浪吧
每一个孤独的白天　寂寞的夜晚

（三）

旧物箱底
拿起那一只贝壳
亲亲吻上耳边
重温　童年
那一片海的呜咽
一滴潮
在眼里
汹涌着光阴的咸涩

（四）

一只白色鸟
撞黑了我的眼睛

事情发生在春天

一个晴明的清晨
那时
我正审视大厦与大厦缝隙间
一朵云游戏的矩形天空

举起自己的手揉一揉自己的眼睛

（五）

冬天过去了
春天还在路上
把目光放上漂浮的云朵
随风
去远方流浪
遥遥的一声雁鸣
沙尘暴的浓黄里
叫醒了沉睡的北方

二十二

(一)

一泓碧水
瘫软地　躺倒在
柔柔的春风里
三个五个钓者
用念佛的姿态
看鱼竿在细浪间漂浮
几朵迷路的桃花飘来
又飘去雾霭深处

(二)

风含情
雨有义
渗入春夜
轻敲慢打
如唐诗
似宋词

凌乱了一树桃花
浸白了满头乌丝

（三）

一只无所不知的苍蝇
一头　正撞在
阴暗角落的
蛛网上
潜伏的蜘蛛走来
用它温柔的绳收取猎物
苍蝇一边挣扎一边大喊
我不是蜜蜂　我不是蜜蜂

（四）

既然没有
在一场暴风雪中死去
那就重新裹紧棉衣
劳动我们的鞋子
把发疯的冬天
交给古老的镇静药剂

雪是水做的　我相信
总有一天　它里面会爬出一条鱼

（五）

真想
抱着展台上
这把古老的琵琶
骑在马背上
信马悠悠
在碎石凌乱的漠野
繁星闪烁的天空下
弹拨一滴咸涩的泪花

二十三

(一)

一朵杨花
飘上我的办公桌
一堆　一堆如山的
文件　资料中
腾跃　浮游
像一个迷路的孩子

我放下跋涉的笔　打开窗子
轻轻一吹　放它飞向天空

(二)

一只莫名的鸟儿
如一道黑色的闪电
窗前一闪而过
拽回深埋在
《二十五史》里的目光

定睛细看　只见
一朵杨花　飘飘地
旋舞在泣血的黄昏

（三）

在一挂黑色瀑布下
悄悄　建起
徒有四壁的奢华

一只小鸟天外飞来
叽叽　喳喳
唱出天伦之乐的馨雅

冬来了　相拥共赏雪花的曼舞
夏来了　对坐静听风雨的欢歌

（四）

阴云已经密合了
一只雨燕
在沉郁的麦田
之上　急急地

飞翔
像迷醉于冲浪
前赴后继的浪花
汹涌地撞击我的心房

（五）

一块石头滚下山来
砸出几声猿鸣
两块石头撞出火星
洞穴里飘出一缕炊烟
三块石头摞起来
有了挨挨挤挤的城
一山石头坍下来了
地球上消失了哭声

二十四

(一)

我站在戈壁
这里什么都不缺
不需要有人唤我　不需要想你
戈壁　只需要一滴水
多好呀　正巧
我的眼里带来了贮藏已久的一滴水
送给戈壁
给它一个世纪的雨季

(二)

我出生
哭在别人的笑里
我死去
笑在别人的哭里
别人收拾我的骸骨
是否　一如

我收拾桃园
这一地狼藉的枯枝

（三）

端午节放假了
城里人往乡下跑
乡下人往城里跑
我　躲进楚辞里
与屈夫子荡一叶
桂棹兰舟逍遥
笑看岸上公家私家车
汽笛唧唧　急急地狂叫

（四）

置身故乡的山谷
满川都是童年的绿
从槐花洁白的缝隙间
筛来的微风
给空气添了蜂蜜
几只不识主人的黄雀
从翠叶间探头探脑

不时叽叽喳喳　好奇地窃窃私语

（五）

一只脚迈出了门槛
也许　一生
就丢失了归期
任摇篮　独自
荡在桃花盛开的
斜阳里
任温柔的摇篮曲
飘成梦里甜蜜的丝雨

二十五

(一)

追逐着一只洁白的鸽子
我误入了不见天空的森林
丢失了方向
四周都是黑压压
拥挤着的树与树的影子
地上一朵太阳花似的狼的脚印
给了我惊喜和信心
沿着它　就能找到牧羊人

(二)

我是一滴水
从历史红肿的眼里
涌来
不要看我
是一颗晶莹的星星
闪闪的

那是遥远的叹息
是浓缩的宇宙光彩

（三）

是谁
在白云升起的山谷
独自歌唱
不是山歌　却有
山雀的翅膀
拍打清清溪流里
熠熠阳光　水底的卵石
仿佛也有了鱼的畅想

（四）

路过墓地的黄昏
我发现一棵太阳花
艳丽而又卑微地　开在
一座高大墓碑的阴影里
我小心翼翼
把它移植回家

栽种在窗前花池里　抬起头
满天眨眼睛的星星已经升起

（五）

买一束塑花
放在窗台上　阳光下
免了蝶的追捧　蜂的喧哗
删除了绽放的欣喜
省略了凋谢的感伤
假花美得极致　似真
真花美得极致　似假
一句话　假作真时真亦假

二十六

（一）

栖栖惶惶的仲秋
蹒蹒跚跚的月
扶着东山
站起来
把脚踮高些
再踮高些　眺望
炎炎夏日之后的
那一声春江花月夜的盟约

（二）

湿漉漉的黄昏
云在西天红得发紫了
昏睡了一天的太阳
懵懵懂懂
云隙间
挤出红肿的眼睛

纱衣轻裹的果园深处
涌出鸡鸣　高一声　低一声

（三）

那么冷静的秋天
那么沉着的一树叶子
绿着绿着　便黄了
一叶知秋的从容　如此沉重
与雨无关　与风无关
与诗人的感怀无关
履霜
走出一条铺冰的路

（四）

恢恢天网
星星们探出
鱼的头颅
用祈盼的眼睛
俯视人间
夜　黑黑地潮涨起来

多才多艺的秋虫们　在我脚下
点燃了一地苍老的月光

（五）

写诗是一件痛苦的事
我为什么还在写诗
这的确是一个难题
就如同无法解释
秋叶落了　为什么
春天还要生出
夕阳落了　为什么
明天还要升起

二十七

(一)

星星们眨着我的眼睛
无月的秋空
岸埋在深远的黎明
霜露浸泡的跫音
冰凉地波摇着我的肉躯
世界浓缩成
无人的野渡
舟自横在星星们祈视的目光里

(二)

一夕秋雨
洗出这么蓝的晴空
无约而至的一只蜘蛛
窗外　已张扬起这么大的网
轻轻晨风里
颤颤地挑拨阳光

透过做工精细的蛛网　我看见
一只鹰在湛蓝的背景上翱翔

（三）

按照一本叫《史记》的导游图
指引　我跋涉了三千年
迷路在背后漫漫风沙
前方滚滚狼烟的夹缝里
一头大腹便便的水牛
驮着一个瘦骨嶙峋的老者
用毛骨悚然的目光看着我
我说　我在找一个人

（四）

雨点是冰凉的
雪花没有一丝血色
这天堂的来客　我推断
天堂一定寒冷又荒凉
因此　我拒绝
雷电的邀请和胁迫　只希望

怀揣一片绿叶　在大地上
活成人　然后化成泥

（五）

阳光下的阴影里
一尾小小的鱼
在雨后的水洼挣扎

不知从哪里来的我
却知道
你要到哪里去

密集的红尘
已将这摊残余的秋思烧焦

二十八

(一)

深入生命
进入自己的血脉
红河谷里
放棹荡舟
不安的灵魂
蜿蜒流动的江河里
跌宕起伏　闯过危峡
寻找属于自己的海洋

(二)

深入海洋深处
我是一尾
不会游泳的鱼
不安的浪下面
暗流爱抚着暗礁
隐身在一群贝类动物中

静待珊瑚虫的繁殖
这比沧海变成桑田更有希望

（三）

楚王说　一切都已结束
汉王说　一切刚才开始

曹说　我奋斗的是一口豪气
刘说　我在乎的是一枚玉玺

秦皇说　小子们谁有我的霸气
晋帝说　聪明人吃别人打的鱼

世人说　败者是寇胜者王
历史说　分分合合一场戏

（四）

妩媚的秋空下
静卧着明净的湖水
梦境般宁静的群峰
仿佛在清澈的空气中

渐渐溶化
一个孩子　像童年的我
独行在天空与湖水之间
晚霞与炊烟融合成一色

（五）

在哀叹与讪笑混凝的人世间
在沉郁的乡间丛林上空
一道闪电　一声雷
横扫而过
鸟雀们闭上了不休的嘴巴
雨滴闪着金属的色泽
铺天盖地而来　休眠已久的河川
如蛇般开始蠕动身躯

二十九

(一)

一只乌龟爬出池塘
做昆虫状舒展着肢体
在历史的深洞里
贮藏了它多少传奇
四条腿分开了天和地
蹲下身来　我试图
与它打探一些秘密
它傲然地昂首看着碧蓝的天际

(二)

一只乌鸦傲立枝头
向着冬日明媚的太阳
展放歌喉
美妙的赞歌
在云山雾罩的天地间
孵化成长翅羽的生物

在人间簌簌的泪水里
沐浴　拍打罂粟花的芳香

（三）

在你火红的嘴唇上
喷吐着晶莹的冰块
流淌着噪声的手指
让月光暂时失忆
我试图躲身梦乡
重寻爱的弓矢
长翅膀的小孩　王谢堂前
正在戏耍黑色的燕子

（四）

月光眠在薄薄的霜雪上
如一个玩累了的孩子
大地静下来　不敢
发出鼾声　几颗失眠的星星
黑魆魆的杨树林上方
眨着好奇的眼睛

我放慢脚步
走进宇宙恬谧的梦境

（五）

沿秋天的溪流而上
白云起时　回首
满川红叶在风里
坠落　小径
已埋没了归途
有人家隐身在黄花丛中
沉静成一滴凝固的乐音
隐隐有美丽山鬼在歌唱

三十

（一）

笛声沿林荫道
悠扬地飘来
风景在身后
绿成一坛清酒
日光下　颠倒的镜子里
汽油味
从人工种植的草丛中
幽灵般爬出来

（二）

静守季节的门外
听女巫噬魂的歌声
从花落到花开
生命的轮回中
灵魂失忆成
潮湿的星光

遥远的笛声扯起风帆
将一张纸牌摔向朝阳

(三)

在嘴唇吞吐的
绝对黑暗中　我们
如拾荒者一样
寻找零碎的光明
从太阳的骨头中剥离
温热　装饰幽灵目光的花朵
我不是过路者
是这美好的一切最糟糕的见证

(四)

仰起脸
耸动皱褶的山峦
问天
以爱情宣言的句式
一颗颗晶莹的泪珠
在颤抖的唇角

与秋天遭遇
千古不易的传奇

（五）

是谁在光阴背后
自言自语
是谁在花瓣雨里
垂首问地
拒绝贮存阳光的大地
我不知道是残忍
还是爱的另一种呈现方式
富含磁性的窃笑隐约在风里

三十一

(一)

朝阳沿我走过的路
紧紧追迫而来
夹身昼夜的缝隙间
缩身成一片
霞晖的美丽
定格成你遥远的梦
痛苦的矿藏里冶炼欢乐的黄金
镶嵌失眠的眉睫

(二)

制造一次海难
在无雨的都市边缘
风从人们指缝间吹出
在碧海蓝天间
张挂开礁岩的呐喊
黄金里能挤出多少水分

来洗净人类尘垢厚黑的脸
向青天舒展肤色的真面

(三)

沉默已久
我跻身石头家族
风中醒来
雨中睡去
忘忧草旺盛的世纪
没有黑夜与白昼
静静地在空间之外
听泉吟　看云舞

(四)

用一支动人的歌谣
吟唱缄默已久的忧伤
残破的琴弦之外　谁在意
秋原憔悴的模样
让大脑趋于简单
世界就不再复杂
打开大自然的窗子

把一夜寒霜交给朝阳

（五）

骆驼伏在地上呻吟
这最后一根稻草
实在罪孽深重
所有稻草作证
目睹了它的罪行
悲伤的风亲近骨骼的真诚
喟叹声里
诗人拍打抽搐的驼峰

三十二

(一)

抓住月光的绳索
轻轻一荡
荡会山谷那边
我们的童年
幼年　以至
最初的
婴孩时期
铺开一路的伪装大睡一场

(二)

昨天就预报
有雨
今早
却忘了带伞
走在预知的雨里
想念

那一把
不该遗忘的伞

（三）

深夜
灯下
清史稿里
我解剖着人性
一只猫头鹰
在窗外叫了
一声　两声　三声
我合上书　天还没有明

（四）

相约在秋天
一树红叶
与浅薄的溪水
擦肩而过
霜已凝上我的征途
夏天绿色的承诺
凌乱成一地枯叶

旋转在风里

（五）

可以肯定
你
就是我的远方
你的名字
就是通往远方的道路
在炊烟升起的远方
你站着
是一株不落叶的树

三十三

(一)

手捧一束白色的玫瑰花
小女孩　站在山岗上
迎风哭泣
我不知道她是谁
从哪儿来
为什么伤心
隔着厚重的阳光
我闻到了含有哭声的玫瑰花的芳香

(二)

暮色降临
水面在微微战栗
归巢的鸟群
撞碎了我的影子
西山之西
梦开始的地方

一轮月　面色苍白
姗姗来迟

（三）

碧蓝的云霄间
一只鹰
那么高傲地
滑翔　俯冲　盘旋
草地上野餐的人们
放下手中正啃食着的鸡骨头
仰首
对着鹰　指指点点

（四）

阳光敲打着
梦幻的国土
清脆的声音
缤纷在苍茫的麦田之上
黄昏举起手臂
疲倦的乌鸦扶着月光

接近我们
而又隐身在暮色的伪装里

（五）

一个尽职的屠夫跪在佛前
虔诚地祈祷着　希望
生意兴隆　老和尚
满脸笑容　祝福着
——好人自有好报
镶嵌着宝石的屠刀
供在香案上　等待
日落之后　收割钞票

三十四

(一)

学会走路　同时学会别离
在微弱的灯光下
静静地　试着
忘记　烛光摇曳的记忆
在雪白的墙壁上
画一张琴　关上窗子
以佛教徒的姿势　静听
来自灵魂深处的琴音

(二)

在冰冷的墙壁上
画一扇窗　推开
脆弱的月光
看山外青山间一溪泉水
汩汩流淌　三十年的长度
在一再重复的梦中

不断拉长
一片水草　几声鸟唱

（三）

空寂的房间里
古旧的蛛网
在微微抖颤
夕阳下的蛙鸣
鼓荡着空洞的蓝天
一种象征在丢失了钥匙的铁索背后
匍匐下僵硬的身子
失忆的门板站成清晰的界限

（四）

孩子们走向沙滩
天与海最后的边界
在脚下瑟缩
蔓延　白色的花朵
向青天发出转瞬的祝福
滚滚河川

崩塌　爆裂　海鸥的羽翅
凝结永恒的期盼

（五）

筑路人死了
过路人还在路上
寻找旅店
钥匙早已生出羽翼
混迹进林间的鸟巢
一棵做棺椁剩下的树
开满娇艳的白花
在路边捡拾破碎的阳光

三十五

（一）

泡在黑夜里的太阳
在牛群悠长的叫声中
浮出人间　所有灯火
都俯下身子
一个梦睡眼惺忪地
拍打人类的头颅
太阳破壳　展开炫目的羽毛
来我的睫毛上筑巢

（二）

千万颗头颅堆成云朵
在太阳眼睁睁的注视里
涌动　鱼爬上岸来
没有爪子　羽毛　声带
在丰收血和骨头的大地上
云朵是高高在上的主宰

在死亡之前　让我们
把泪水还给大海

(三)

脆裂的阳光里
一条充满恐惧的蛇
渐渐变形
沼泽摊开空洞的手臂
让拥抱了千年的尸体
一个个复活　然后
抱着阳光
做溺水的游戏

(四)

他说
写完这句格言
然后死去
经霜打过的笔尖
再也吐不出绿
杂草丛生的稿纸
扭曲成耳朵　多么不幸

本来它可以印成一张纸币

（五）

想想我死了
会变成泥土
被烧制成精致的陶器
被人珍藏　然后
不小心打碎　笑看他
惊魂的模样　同垃圾
丢在野外　月光下
虫儿来我怀里做窠歌唱

三十六

(一)

一滴雨准确地落上我的鼻尖
提示　或一种暗示
这个干旱夏季的黄昏
连伤痛也是干燥的易燃品
从绚烂的晚霞间
抓一把夸张
扇动失眠的夜
人间浮动蝴蝶的月色

(二)

我们能从肥硕的果实里
品出根的痛苦吗
我们敢从果实的汁液里
提取出根的怨愤吗
在永恒的黑暗里
树根在含泪生长

而我们残忍地啃食着果子
沐浴着阳光

（三）

一匹白马渐渐变黑
之后　我看见
大地上蹦跳的雨滴
好像有人在轻轻告诉我
神马　都是浮云
转瞬即逝的雨花间
盛开几个食用的名词
我坐下　等天晴的日子

（四）

在感恩的饭碗里
我们啜饮着
自己的血
请求饶恕我们的
怜悯和虔诚
魔王是玉帝的同胞兄弟
隐身在一颗麦粒中

修理着我们的良知

（五）

上岸　是泅渡
最幸运的一次着陆
成功　是拼搏
最完美的一次失误
聪明人从桂冠里
掏出一把芒刺
傻瓜将冠冕戴成头上
一顶堂皇的紧箍咒

三十七

（一）

穿越柳荫
脚踩明亮的阳光
感觉这个春天
最后的凉爽
灰白的墙壁飘摇在远方
人海浮游的炊烟
小小落日　余晖
世界美丽又安详

（二）

你的眼睛
飘出一朵云
遮住
我明媚的天空
天空下游戏的孩子
惊异地

举头
望明月在云朵间穿行

(三)

在公园里种一片野草
留给孩子
让精工修理的绿色
保鲜昆虫的欢唱
澄清自然的疏狂
经历风雨和雾霾
赤裸裸地呈现
教科书空白的课题

(四)

一只逃出金丝笼的鸟
面对貌似窗子的镜子
拍打着翅膀
一再试图跳入
却总是
被镜子里的自己

撞出来　直至
头破血流

（五）

从被霓虹灯夸大的夜里
挤出来
黑　在身后凝结
浮肿的月亮依然
挂在天上　值得庆幸
月光依然如水
浣洗满身酒气
和疲惫的人造花香

三十八

(一)

一池绿苔　在晚霞的鼓动下
明艳起来
一把蛙鸣　在大地的伤口
蒸腾盐分
莲花失踪在不明身份的浪笑里
锈迹斑驳的月
沿一堆褒义词架构的轨道
向下俯冲

(二)

饲养场开张了
热闹非常
屠夫们抱着屠刀
前来祝贺
一片高昂的牛叫声里
几只小母羊

把锃亮的屠刀当镜子
美美地打扮梳妆

（三）

伸手　从镜子里
掏出自己
像对一件工艺品
擦洗　在尘世
挣扎一身的尘埃
灵魂潮湿的影子
晾在阳光里　给明天
一个崭新的自己

（四）

黄昏爬上我们的额头
深深的皱褶里
翻阅一坛陈年老酒
或浓或淡的故事
沿一首老歌
寻找回家的路

路标早已成了孩子们的玩具
沉默是打开黎明的出口

（五）

扯一片海风回家
水手咸涩的笑声
站在海的舌尖上
独立的峭岩
在接近陆地的唇吻间
凝固成牙齿
在潮汐不安的呐喊里
咀嚼一条鲸鱼的秘密

三十九

（一）

禅坐黑夜最黑处
意念耕耘
那一份天赋心田
桃花可以不开
只要有菊可采　东篱下
被烈日晒干的日子
权当一场烧烤盛宴
醉　何须酒

（二）

将麻雀变成凤凰
最简洁的方式
是
调换一下
它们的名字
名实之间

智慧让人类
明白得如此彻底

(三)

是春夜坠落的雨滴
是遥迢的驼铃响起
在这个陌生的都市
一个人失眠的夜里

一个人失眠的夜里
在这个陌生的都市
是遥迢的驼铃响起
是春夜坠落的雨滴

(四)

从天堂叛逃而出
蜗居于地球
头顶之上那一片森冷的
蔚蓝
是被封锁的归途
学会高贵地堕落

这是修成真人的
唯一方式

（五）

河放弃了水
灾难便留给了鱼
人类敲击河底的卵石
点燃水族风干的尸体
炖一锅
沧海桑田的历史
劫灰里蠕动　爬出
一声霹雳　光彩四溢

四十

(一)

硝烟散尽
惨烈的厮杀声
渐次变成
单方屠杀的狂笑
于是
天便有了姓
地便有了名
王侯将相便有了种

(二)

风停了
夕阳点燃
人间一地冰凉的
灯火
独坐黑冷的世界里
等

今夜
一场预约的风雪

（三）

玫瑰花瓣拼出的图案
在太阳伞下
静待天明
几颗冷眼的星星
凌乱地挂在街市尽头
夜宿者几声干咳
点燃
四周黑压压的楼丛

（四）

在一个没有月亮的晚上
星星们弹拨我的睫毛取暖
一丛黑色的火焰
在大山夹缝间
燃烧　很多年之后
那跳跃的颜色

依然在都市深夜的霓虹光影
背后　烧烤我的忆念

（五）

抱着伤痕
转过身去
向西来的风暴
露出
苦涩的笑脸
冰封的河流
彼岸　一只木船
冷冷地盯着我

四十一

（一）

一个一个的秋天凉过去了
在林间　我一直没有寻到
童年那一片金色的叶子
一茬茬果实被农人摘下
送进市场　一群群小羊
长成大羊　被牧人
送进了屠宰场　而我
只在乎那一片金色的秋声

（二）

面对一棵树坐下来
把满城风声丢在身后
试着深入树的沉默内部
禅悟生命永恒的温度
天地仿佛两叶贝扇
日月是两颗孪生的珍珠

火的怒吼　水的痛苦
闭目　给心一点玲珑的归宿

（三）

将灯点亮
让我们静坐
这黑压压的夜
将灯点亮
给帆一座灯塔
让心归航
将灯点亮
给脚一线希望

（四）

在很久以前
当我穿越那条更遥远的街
看见雪花朵朵
大如少年的悲哀
清晰可数地飘落
在墙头　轻盈的

一个回首　便白了
完整的旅程

（五）

冰冻的池塘
岸　静听
藕的梦呓
情歌在对岸响起
淹没在口哨声里
银装素裹的世界
谁还在意　冰层下
一条鱼的哭泣

四十二

(一)

被人宠养的一只公鸡
站在十八楼的阳台
高声啼唤
午休的人们
惊起　然后
看看钟表
又疲惫地
钻进梦乡

(二)

临近夏天
天突然翻脸
冷得像一个笑话
雪花裹挟着鲜花
在大街上
摔出单薄的硬伤

春天无路可逃
被寒风相扑在角落里

（三）

李白走了　玩腻了
把一轮冰凉的月
扔给了我们
长江之水
船来船往
串起一串
月光闪闪的诗行
成押韵的历史

（四）

没有灯火的彼岸
一只船在爬行
用一种冷漠的方式
抵达冷漠的港岸
飘摇的雨丝
在船舷上低吟
仿佛声声慢的宋词

与船底的河水冷冷地交织

（五）

竖起耳朵
贴近月亮
谛听宇宙深处的妙音
今夜
月光很旺
像某个古代诗人的小火炉
欲雪天
弥散漫天酒香

四十三

(一)

变成干柴
又化为灰烬
一棵树的结局
简洁得这般真实
在它枝丫间筑巢的鸟儿们
目睹着
这一过程　而路
与树与鸟都毫无关系

(二)

相遇在陌生的雨巷　熟悉的
你点点头
我点点头
淡黄色的雨伞擎举着
乌云涂鸦的天空
街灯亮成一串串冷漠的葡萄

空蒙的都市　何处寻觅
那一声声子归的啼鸣

（三）

拂去龙椅上的尘埃
摄影师如玩耍布娃娃
把我摆到他满意的姿势
哈哈
做皇帝竟如此容易
咔嚓　一声快门
像有人拉动枪栓
匆匆被下一位排队者催下了台

（四）

穿过白雪掩埋的捷径
可以直达春天
假装沉默
在一条狗凶狠的注目里
将口袋的底展示给
流鼻涕的太阳

荒芜成梦的花园　依然
有祖先尊崇的蝉在歌唱

（五）

几只失魂落魄的萤火虫
浪迹在茫茫秋夜
微弱的星火
把被人篡改了歌词的爱情
点燃成
一片火热的秋声
充满消息的背景
闪现出一只田鼠的愁容

四十四

（一）

羊群在羌笛声里
散漫地走过这片
广袤的荒漠
黄昏降临
拒绝死亡的土地
草年年稀疏地绿着
如此悲哀而又悲壮　一个乐土的梦
在我们血液里进行千年的冲浪

（二）

麦田恬静地躺在阳光里
蓝天下　麦芒
万千枪戟般矗立
漫步在消瘦的田垄上
风路过我的耳旁
金黄的麦田里　突然

发出刀枪剑戟撞击的声响
细听　又仿佛商女悠悠的歌唱

（三）

烈日下
一朵蒲公英
在我脚边滑行
绝情的混凝土路面
无法包容
一朵蒲公英的哭泣
我被阳光刺痛的眼睛
给你指不出一条生根的路

（四）

孤独的火
燃烧着自己
烧烤着自己
炖煮着自己
透过焰火的光芒
我看到一滴水的冷光

在火的心里
仿佛父亲晶莹的泪滴

（五）

从春天到夏天到秋天
通过汉唐穿越民国走到今天
老黄牛打着响鼻
在荒凉的原野
踩出一条荒凉的道路
祖先沿着它走过去
我们沿着它走过来
突然发现　越走离太阳越远

四十五

（一）

心沿着古道走去
斜阳下　连天
衰草离离
遥远的恋歌　回荡
在林间纷飞的黄叶间
隐约的步履
轻敲慢打　晚霞
晕染漫天潮湿的忧戚

（二）

独自深入梅林
寻找失踪已久的自己
花瓣雨后
夏天绿得拥拥挤挤
从清晨到黄昏
寻找我留在雨季的足迹

在头发燃烧之前
阻止自己在雨中越陷越深

（三）

夜睡了　我还醒着
雨在窗外呐喊
一盏战栗的烛火
闪着无助的光焰
微弱　凄切
伤痕累累的老墙
张挂着荒废的蛛网
试图捕捉　却一片茫然

（四）

强迫自己
不要哭泣
泪在雨季是如此多余
乘客们昏昏欲睡的时刻
悄悄溜下搭错的列车
一个人　一场雨

一路流浪
一路静静地沉思

（五）

与童年的我
相遇在昨夜的梦里
月色依然很凉
我们谈起一场误过的花期
你说　那场花瓣雨的早晨
太阳特别鲜亮
我说　还记得花瓣堆里
那群匆忙的蚂蚁

四十六

(一)

雪一直没有飘下来
冬继续深着
面对北风南风轮番的
扭打
我保持人类高贵的沉默
惊恐的鸟雀们
高叫着　匆匆
从我身旁经过

(二)

浓云后面
苍天在倾听我们的耳语
波光摇曳的岁月
轻盈如灰尘
生命　如此仓促
开始　既已结束

在阳光落到地面之前
我们还有时间
整理自己的墓穴

（三）

倾斜的夜空
星星滑落
噼啪作响的星火燎原
又一个白昼
掰开梦的眼睑
让世界醒来
携着梦中的笑
给新的一天一片光明

（四）

今晚月色很好
很适合夜行
让我们穿上夜行衣
携手　月下
遁逃　逃回
童年嬉戏的河畔

甜蜜的碧水青山间
找回久逝的笑颜

（五）

将一只狼崽
寄养在羊群里
牧场主说
让它同羊一样学会吃草
是一个牧人应尽的职责
于是　我的薪水
便与狼的口水
挂上了钩

四十七

（一）

天空的星星多么晶莹
明澈的夜空
静静展开
仿佛前世的幻境
伸出手去
抓一把沁凉的意象
捧读成凄美幽婉的诗章
躬下身　像教徒一样虔诚

（二）

一扇门站在光阴背后
很多年　在等
那场雨中出走的主人回来
很多年　很多次
从风中听到他的歌唱
从雨中听到他的呐喊

门前的青石台阶生满了青苔
像一尾不会游泳的鱼

（三）

让我们修理一下脚
这样会显得
鞋子更加合适
置身幽远的巷子里
用漂亮的鞋子
踢踏出一串波折的音符
给笔直的巷子
一路抑扬顿挫的赞歌

（四）

在传说的沼泽深处
迷失的希望
从自己的血液里泅渡
此刻
神是一尾水生动物
通过冷淡的芦苇

与我交流　水藻的祈祷
成为宿命的谶语

（五）

一棵高大的梧桐树
支撑着彤云密布的天空
铅灰色的火焰
耀眼
又把人的灵魂灼痛
孤独的梧桐树
站在天地之间
展示生命原始的风景

四十八

(一)

鸟儿们欢唱着归巢
田园渐入静寂
澄明的天空
有几朵夕阳涂刷的
绚丽彩云滑翔
优美的音符
与白日的喧嚣一起
点燃万家灯火

(二)

双手合十
让风从指缝间
挤过　美丽的雪野
深处　是岁月
银光闪烁的吟歌
北风里

撩拨
寒村高亢的鸡鸣

（三）

许多鲜美的梦想
丢弃在远方
泥泞的征途
依然驼铃叮当
一把雨水丰富的故土
撒在身后　为归程
做最后的标记
最终的祈福

（四）

水穷处
云起时
独坐一溪清水边
静听
一朵野花
慢慢绽放的声音

战栗的阳光
紧紧地拥抱着我

（五）

当你倦了　偶尔想起故园
梧桐树繁花烂漫
我依然在这儿
等你　单是等你
当无数星星随晨露
滴落童年嬉戏的山谷
咱们的阳光依旧如初
将一抹童真的笑守护

四十九

（一）

深陷在一条都市的大街里
四周满是板着面孔的墙
和目瞪口呆的窗子
从一面风跑的挡风玻璃上
我看到自己
和自己身后渐渐远逝的绿色风景
此刻
一群病人正从整容医院门口挤出来

（二）

医生将我判了死刑之后
交给了一群非法行医者
他们问我
你有求医执照吗
我愕然地看着他们
于是他们高兴起来

——恭喜你　有救了
这就是你的病源所在

(三)

总想站得更高一些
眺望远方
无边的景色
其实　那边景色
和脚下的没有两样
眺望的意义
在于心中
一个亮丽的念想

(四)

羊群从山上下来
树叶黄了
这一黄啊
便是一生的漫长
白昼短了又长
那个黄叶纷飞的秋日

似一盏灯
将生命的旅途照亮

（五）

沧桑之后
美丽的痛感
在心田如花怒放
行走的风雨
在脚下　青了又黄
我站着　在原地
如一棵不会开花的树
用一生守望

五十

(一)

四周是一片悲哀的目光
陷阱之后
隐藏着生活的谜底
就让我们忘记
一些没有标题的音乐
懂得　遗憾是生命
最大的遗憾　向哲人学习
在最后的晚餐中吃掉自己

(二)

将那一张古琴摔碎之后
夜便更像夜了
不可复制的琴音
在湖畔漂泊
许多个春夜过去了
一条鱼带着记忆

爬上岸来　向苍天
索要那缕属于自己的阳光

（三）

站在原地
不是原来的那一场
风里　看
无所适从的日子
蝶舞在被人们
丢弃的暮色里
温暖的思念在心中
生成一丛野草绿绿的春意

（四）

夜钻回它阴险黑暗的巢穴
黎明
扶着远山站起来
一片金色的霞云
充满了辟邪的光芒
从摇曳的杨树林上空

扑面而来　人间
发出一片舒心的笑声

（五）

沉默是一棵树
密叶丛中
结满了星星的果实
丢开弓箭
人们静坐浓荫中
听鸟儿们欢快的音乐会
一支箭钻出泥土
舒展翠绿的枝叶

五十一

（一）

没有梦
可以经得起阳光的推敲
但
我们依然
痴迷梦境
做梦是一种生活方式
同时
也是活着的证明

（二）

又见杏花开了
白色的花朵
装点二月
人间　花香
浓于酒
远村烟囱

钻出一群麻雀
一地变异的鸟语

（三）

春来无痕
雪落有声
一个背影
从瘦长的径路走去
仿佛游走的鱼
在风中
丢下
一路吟哦的驴蹄声

（四）

将手伸过夜幕
五指神奇地触及
太阳真实的温度
一堆璀璨的星子
幻觉　莫名的鱼
在宇宙之外吹出的缤纷气泡

梦醒时
却一无所有

（五）

给我一缕阳光
我将奉你一片鸟鸣
给我一把泥土
我将献你一片花香
众仙们　如果你能听懂人间祈祷
给人类一场春雨吧
你们将收获　人间
一片舒心的笑颜

五十二

（一）

冰封的河川上空
一只鹰在翱翔歌唱
阴冷的世界
闪现一丝光亮　撕裂
凝冻的阳光
微笑的天空
乘鹰的歌声
向我心归航

（二）

一棵老槐树的缄默
删节着抑扬牧笛的故事
沉睡在梦中的槐花
香成一个初夏
误读的蝴蝶暗语
暗示一个雨夜

岁月潜流在生活的感觉深处
静静　等一场夏天的雪

（三）

不可理喻的夜
跳出这晨星
清白的光芒
给苍穹以奇迹　勇气
夜在它的笑容里
退却成泡影
所有人间词汇
都为表达你脉脉深情

（四）

苍白的山峦
一时都乖顺地静默下来
丢失了哭声的世界
空寂　清冷
生　是宇宙最高的律令
朴素的　条条道路

都丛生着人工荆棘
抗争是真理之上高耸的信仰

（五）

用脚谛听大地深处的声音
裹紧冰凉的袈裟
小心翼翼
每一朵云都包含着雷霆
每一座山都隐藏着陷阱
涌泉穴轻轻地蠕动
一丝温热　隐隐
爬上肩井

五十三

(一)

风雪醉了　夜归人的脚下
东倒西歪
一条失眠的蛇
躺下来
冰凉的回家路　闪光
梦的窗口　一只鸽子
咕咕　咕咕
带着哭腔的祝福

(二)

太阳是一只冬眠的蝙蝠
倒挂在冷漠的苍穹
冰凉的心房　随风
荡在光秃秃的白杨树上
雾气迷蒙的林间　苦涩的鸟鸣
扭曲了我散漫的足迹

回首　目光
烫伤了小村苍白的嘴唇

（三）

一支温情的谣曲
荡在冬日的暖阳下　慵懒　宁静
无法形容的战栗
仿佛漂泊太久的灵魂
呼叫着陆的肉身
隐秘的界限　诱惑
激情的跨越　一步
便是一生的痛

（四）

最真的表达无须诉诸言语
当一弯新月攀上天际
美妙的星空鲜花盛开
无关神仙　所有的故事
吞吐在宇宙的唇间
如果银河里可以浣洗

我们的烦恼　最美丽的事
就是静等明天的太阳升起

（五）

一条蛇说
来　靠近我
让我告诉你
你苦苦寻求的伊甸园里的
全部真相
于是　回头　我
看见两颗毒液滴滴的
牙齿

五十四

(一)

从一把锁孔里

阅读世界　真理

推敲着门板

晚霞点燃苍穹

美丽的幻觉　倒映

人间灯火　沿着月光的绳索

攀缘　碧空间召唤

真实的自我

(二)

静坐月亮之上

看我的肉身

在江河里浮荡

相伴闪闪星光

聆听着岸上

秋虫恬静的吟唱

微波吻上耳旁
亲亲地将灵魂召唤

（三）

一串路灯点亮了
回家的路　发烧的夜
打开冷漠的窗户
锈迹斑驳的夜空
三两颗星星
透出都市的指缝
留守着一路
归不去的风雨

（四）

第一片落叶砸响大地
恐怖的颤音
寂寞了世界的寒意
雁从北方来
凄厉的鸣唤
淘洗秋水长天的翠色

与浓郁的苍山交换一下姿势
一把镰刀梳理祖传的思绪

（五）

在一溪春水彼岸
建一个花园
播种所有的语言
风拂过　蝶飞来
我们牵起童真的手
挪动老迈的步履
徜徉花深处
轻吟溪流畔

五十五

(一)

站在异乡高楼之上
通过防弹玻璃窗子
阅读秋天
故乡的方向
雾霾正深
那一地野菊花灿烂的芳香
可也会
被遥远的思念打湿

(二)

枯草　雾霾　露水
托举出慵懒的早晨
灰黑的枯叶深处
亮起几声蛐蛐的
鸣唱
这唯一生命的颤动

挑拨着凄清的
秋天　秋光

（三）

春天是一个漫长的牵挂
在老屋窗前
白月亮与千年前一样
幽幽地亮着
老榆树不说话
一切都很安详
冬夜黑得坦坦荡荡
雪铺展着一路无名的忧伤

（四）

静坐墨黑的夜
面向东方
等待天明
用生命允许的耐性
静待东方天际
死者的复生

最美妙的事　　是身后
响起一声久违的鸡鸣

（五）

让鱼停止游动的
最佳方式
是
将水加热烧开

我们清净地张开嘴巴
用牙齿
与鱼交流思想
亲切而又彻底

五十六

(一)

我们行走在自己的大腿上
努力抵达
自己的腹部
目光如此锋利
切割着岩石内部的巢
有鸟声嘹亮
仿佛先祖们晴朗的教诲
回荡在通达来生的长廊

(二)

阳光麦田和遗忘
张狂的春天比智慧
更充满希望
借着蜜蜂的翅膀
绿杨堤岸　让我们
放灵魂远航

去感受青天的纯真与善良
回归久违的圣洁故乡

（三）

一只乌鸦正努力地
叼一棵草飞上高高的杨树
而邻树上
就有一个现成的巢
我想　它应该拆了来
筑自己的巢
省力又巧妙　强拆
这个现代词　真好

（四）

蚊子飞不过大海
可是大海彼岸
依然有蚊子横行
这让此岸的人心情平静
省出更多的时间
实验在菜园里

栽种珊瑚　商人抱着纸币
蹲在田埂上等待成功

（五）

白马不是马
是道习题
蜗牛不是牛
却是个问题
当我向给奶牛挤牛奶的农民工提出时
他惊奇地反问我
不是牛　那是什么呢
我说　这要去请教我的代课老师

五十七

（一）

故乡是一撮泥土
而乡愁
是从泥土里
挤出的一滴水
想起故乡
就抬头看看天边的云
那滴咸涩
浮在云朵里

（二）

携着冰凉的风声
走在雨夜
走进一棵泡桐树下避雨
不知这棵泡桐
与宋朝的那棵
更兼细雨的梧桐

有无血缘关系
只是　这次第异常相似

(三)

七八个星下面
两三小池荷塘
月踱着蹒跚步履而来
岸上的垂柳
融在月色里
月色融进我的目光里
一片欢畅的童音
踏荷香扑面而来

(四)

端着一个饭碗
七十多岁的农民工
蹲在繁华都市一角
荫凉里　仰望着遥远的天穹
我靠近他　发现
一碗清水

竟映着整个灰蒙的天空
仿佛一口无底的乡井

（五）

关上窗子
把一城喧嚣关在窗外
只从窗玻璃上
放进今晚的月光
隔窗相望明月
仿佛久远的朋友
彼此沉默
却已将许多话倾诉

五十八

（一）

在一块冰凉的卵石上
辨识时间啃噬的印痕
身后
风抚松林的声音
是一场流泪的酒会
卵石　风声　我
此时此地完美合成
宇宙深处一滴微微的痛

（二）

风从林间细细地筛落
一汪恬静的秋水
乖巧地眠在母爱的原野
我幻化成一颗玲珑的卵石
仰卧水底　看
细波间阳光欢快地跳跃

整个秋天
铺张成一曲舒缓的弦乐

（三）

在一块灰色的岩石上
刻下时代的尖叫
呼啸的时间一个盘旋
缤纷的碎屑
掩埋了石头的呼喊

还有我站着
天地间倾斜的风景
温暖凄冷的宇宙

（四）

当我手捧一棵太阳花
走在回家的路上
一只乌鸦　与人们
印象里的那只鸟一模一样
站在前面的树枝上
冲我野蛮地吼叫了一声　两声　三声

我说　小乌鸦
你别吓我　我认识你爸爸

（五）

酝酿了一个夏天的雨季
打开来
是一坛令人窒息的秋
古老的歌吟浮游在阳光里
渐渐褪色的夕阳
黄叶稀疏的果园那头
深情回首
给人间一个魅惑的飞吻

五十九

（一）

记着一棵向日葵深垂的头颅
谦卑的躯干
宽阔的叶片
在正午
烈日撕碎的原野
我路过这一切的边缘
绿色的野草紫色的野花
为田野镶着精致的花边

（二）

喝酒吃鱼同时他用主席台上惯用的语气
讲起钓鱼史　考据精致确凿　首先讲
孔夫子见识肤浅只看见了逝者如斯夫的水
却没见鱼　老子虽有烹小鲜鱼的独家技艺
而对垂钓之乐一概不知
姜太公算得垂钓的祖师　渭水之上

应该钓的是冷水鱼　成名时已年过八十
而我这垂钓协会会长　相当于处级

（三）

你的眼神是一片荒原
石头的荒原
野草的荒原
风的荒原
暗淡的天空下
无思　无欲
遮掩在浓云下方　祈祷
一场雨　一阵花香

（四）

月下　荷塘
我静听一滴水
在宽阔的荷叶上
摇滚
弹拨我的心弦
只有一个人听得到的

乐音　在肺腑间发散
轻抚周身每一根毛发

（五）

一朵粗俗的云
爬行在天空
吞食着丰盛的阳光
世界如此安静
只有我的目光
在云隙间刮起
一阵风　云朵
吱吱叫着向高处攀升

六十

(一)

思念是一条河
每一个停泊的码头
都是异乡
在通往阳光的路上
迢迢山水
堆积成衰老的皱纹
在斑驳的思绪间
随阳光摇晃

(二)

暴风雨之后
阳光平躺在大地上
我站在一片狼藉之间
看太阳
若无其事
在白莲花般的云朵间

穿行
跟暴风雨前一样

（三）

把喧嚣的冷风
关在枕头之外
独自沉入梦中
梦见先师庄子
在他陈旧的木板床上做梦
嘴角微微翕动
走进细听他的梦呓
竟然是在喊我的乳名

（四）

一座新湖
在云中孕育
有先见之明的人们
开始准备渔具
网是一个时代的主题
难以训练

又不得不娴熟的技艺
每一个网眼都充满感动

（五）

冬天兜售冰激淋的商贩
免费搭送两个烤红薯
我琢磨不透
冰激淋与烤红薯的价值联系
一如这个无雪冬天的阳光与尘雾
现在整理一下思路
上午参加汽车促销活动
下午开会研究治理交通拥堵

六十一

（一）

我是一个过客　从
天
堂
到
地
狱
我路过人间
一路欣赏着精英们愚蠢的表演

（二）

流星划过忧悒的夜空
短促的尾巴　闪烁
童年仰视的眼睛
多年以前的那个祈愿
挂在初春纯净的星星上
与大地上一颗华发凌乱的头颅

相映　而流星
在天地唇吻间消逝　无影无踪

（三）

越来越嘈杂的夜
我禅坐梦乡
静待天明
太阳笑容依然
千年的禅悟放弃了答辩
悟禅　仅只是
为了记着来时路
和一路梦的缠绵

（四）

用一首无题诗
对生命进行彻底的总结
所有秋凉的故事
写在今春的嫩叶上
走进夏天
怀揣这枚珍贵的叶子

一个人
踏响诗意的雨季

（五）

所有往事
不过是这一地
扫不尽的枯叶
虽然还有春天
但落叶的绿
注定一去不返
没有回头路的风啊
把四季摇摆得叮当脆响

六十二

(一)

一条鱼爬上岸来
向我求教
游泳的正确姿势
我从公文包里
掏出一叠奥运泳池
精彩的照片递过去
这条上进心十足的鱼高兴不已
它将会成为一条最优秀的鱼

(二)

一只航船
在辞海里搁浅
船员们忙着
编辑一部辞海的新版
水
更深一些　这样

便可以重新开动
这条马力足够的破船

（三）

坐北朝南
一个帝国的缔造者
缩在雕龙的木椅中
手举玉玺
敲打臣民的脑壳
除了他的旨意
一切都是迷信
这　　无须证明

（四）

从天堂抱一捆试卷
我来到地狱
考试
考出
最美的鬼话
成绩

将是
升天成仙的凭据

（五）

草地没有了草
我们依然
有羊肉吃
不吃草的羊
吃什么
这个秘密
就揣在
一只狼的羊皮大衣里

六十三

（一）

在新一轮晕眩之后
他对外祖母讲
杜甫是个名人
他不卖狗肉也不买酒
《杜甫传》是一本书
外祖母点点头
他是卖自传的呀
那一定很有钱

（二）

一阵寒风吹过树梢
癫痫病人的状态中
太阳一派伪装
冷艳地闪亮登场
小城暖暖地喝下一碗羊肉汤
之后　打开商场的防盗门

与天空对视　雾霾
从脚下爬起来走向广场

（三）

收拾天下
从打扫房间开始
这是哲人的思维方式
事实是　翻遍二十五史
没发现哪一个帝王成为帝王之前
以及之后
为自己和为他人
打扫过房子

（四）

从遥远的梦中
翩翩而来
一只彩色的蝴蝶
狂风阻隔的征程
心路飘洒着冷雨
衰老的梦境

年轻的蝴蝶
飞着飘摇的梦

（五）

当青蛙骑了白马远去
我们面对狼藉的荷塘
不得不认真思考
有关蚊蝇们吵嚷的议题
水越来越浅
波浪声与那支老迈的桂棹
一起在雨季腐烂
美　破灭得如此残忍

六十四

(一)

第一千一百一十一次捧在手掌上
老学究在用最后的耐心
对一只痴呆的鸽子讲
风力　风向　风速　浮力
如何扇动翅膀　何时适宜滑翔
鸽子依然咕咕咕　咕咕咕茫然不知
忍无可忍的学究将不可理喻的鸽子
愤愤地扔出了二十五楼的窗子

(二)

钥匙丢了
去找开锁匠
如此简单
却需要异常烦琐的证明
是自己的钥匙丢了
还是

丢了自己的钥匙
这就是锁存在的价值

（三）

沏一壶茶
与水对话
无声的语言
漫无边际
云的伤感
山的回忆
叶的遗憾
茶凉时皆成虚幻

（四）

我亲眼见过
贫困的老者
将几箩筐民国纸币
塞进炉膛烧白开水喝
我亲身经历过
将康乾王朝的铜钱

扎成鸡毛毽子当玩具踢
小小年纪已知　此生该干什么

（五）

做过一次贼
将一本打入"四旧"的书
从熊熊烈火中
拽出来
揣进怀里
误了书烈火中的永生
促成了
我辛苦遭逢的一生

第二辑

野泉流韵

听《二泉映月》

多么寂寥的夜
多么深重的情
你用魔幻的手指
在二泉清冽的水底
捞来这轮不屈的月
天重的厚礼
让我玻璃的灵魂
颤巍巍地颠簸　脆响

思绪随旋律流浪
走进五千年前的始点
长江很长　黄河不黄
霎然撕裂第一匹丝帛的余响犹在
抛向东天　一轮太阳
抛向西天　一轮月亮
回音凝成这两根琴弦
时空熔铸成这亦歌亦诉的琴弓
在泉水冲刷了数千年的灵台之上
敲击出闪闪的荧光

雾来了　湿在肃穆的柳枝
一丛红花郁郁成一堆湿漉漉的火焰

起风了　谁的巧手
将这一袭肮脏的龙袍
剪成如此匀称的细碎
在泉水里浣洗
浮在水面　微微地颤动
泛着垂死的金黄
在月光下晾晒
消不了一个民族负载的
那一片难耐的湿
潋滟溪水依旧
伊人不再来水的那一方了
草在此岸凄凄幽绿成无垠的梦
王孙逝在渐远的马蹄声里
蓦然回首的一瞟
竟是砸痛千年的叹

风停了——风起了
月光纷飞成漫天银屑
和着嫦娥的脂粉　吴刚的桂香
抑扬顿挫　平平仄仄
这般风景　只有闭起眼
才有资格欣赏
我从此不再怀疑梦的真实

致一个塑料模特儿

满街的落叶　乘秋风的急匆
踏响瑟缩的黄昏
一个偶然的转身
蓦然撞上了橱窗后
你呆滞的眼神
——好冷的天啊

如果上天像当初创造人类一样
心血来潮
向你吹一口暖气
使你走出这封闭的冰凉
你　是愿穿着这一身透露的纱衣
被卖票者展览　受买票者赞羡
还是愿跟随我
走进乡间的温润
坐在小河边　做一个浣衣村姑
槌打　泉水叮咚
搓洗　杏花春雨江南

秋 雁

一群历史的浪子在明净的秋空飞过
用原始的方式又掀开无奈的年历一页
小小寰球是你翅下一颗永远不能孵化的凤卵
告诉我秋去春来中你究竟在寻找什么

我是大地上你飞往飞来中赤诚的看客
诗海书山中也和你一样苦苦地跋涉
你的鸣唱凝成身后漫天飞絮
我的咏叹幻化成支离破碎的诗歌

千万年间我们都在互望中错过
天地间时高时低中有我们共同的思索
无际宇宙里群星为谁隐现为谁闪烁
苍茫大地上秋叶为谁红黄为谁飞落

我若是一盏灯愿站上山顶为你导航
狂风暴雨中为你减一分翅羽的迷惑
归期是结在北方的一颗硕果
熟悉的归路也需要执着开拓

短　歌

我是一只熟透的桃子
寂寞在枝头
期待着一双受诱的纤手
摘我　捧我　入口

凄凄的黄叶飘尽晚秋
匆匆的行人来了又走
当最后一只鸣虫拜拜而去
我的生命开始感到旷世的孤独

划空而去的流云
潇洒出生的短促
所有的心脏都属于泥土
死亡绝不是谢世的理由

我期待一世的伊人呀
依然在水的那边　山的那头
你可曾看到我
一个无口的歌手

想起父亲

田间小路上走着我的父亲
我的步履蹒跚的父亲
背对流血的夕阳　走来
几张饥饿的嘴巴啃噬他佝偻的腰身
补丁重叠的蓝布褂子沾着星星泥痕

田间小路上走着我的父亲
凸凹的路面满是跛足的吻痕
我的播种了温饱的父亲
我的收割了饥饿的父亲
如雪如霜不只是你蓬乱的头发
更是那颗叹息无奈的心

田间小路上走着我的父亲
小路在绵绵秋雨里很滋润
而今　秋风里飒飒着一个儿子冰凉的歌吟
背过脸去　闭上眼睛
依然清晰地看见消瘦的田间小路上
走着我荷锄扶犁的父亲

在水一方

在水一方
秋风正走过泛黄的草场
遍地的野花
早已被爱美的人们采尽
而她正拨开丛草
觅着采花人的足迹
穿过漫长的夏日而来
不知是等一个人
还是被一个人等着
她多彩的目光
在遍野的金黄里
渐淡渐远
脸上有两行温热的秋水
漫上苍白的山冈

在水一方
有一颗赤红的心在轻风里流浪
多少希望失望的故事
挂着拐杖立在草地上
像一个伶仃老人沐着阳光
一个无名的知音
在他身旁

踩出无奈的蛙鸣和蛐虫的吟唱
在他左手拇指与食指之间
一段细长的日子
被翻来覆去地捻得憔悴光亮

在水一方的她　和
在水一方的他　同时
把目光
投进中间的一溪秋水
他们不知道
两双目光在潺湲的秋水里
谈情说爱
而在溪水下游
人们正嬉笑着
捕鱼　张网

标题咏叹（组诗）

标题咏叹之一：愚公移山

只因看透了山之可移
被世俗愚送一个愚字
即使移不走挡门大山
也要移出个浩然正气

娘胎里未识山鬼玉帝
故不向土偶跪拜求乞
有限的事业无尽子孙
留一个故事一个真理

标题咏叹之二：精卫填海

应该明白了这是徒劳
热血总不服汹涌浊涛
厉声高唤自己的名字
沧桑始于这一根枯草

不羡慕同类高歌林梢
不计较俗鸟讥讽嘲笑
凭着血中先辈的基因
告群龙勿小亘古一毛

标题咏叹之三：徐市求仙

向一个莫须有的目标
痴迷地扬起涉海方舟
命运里注定你的失败
而胜利永留你的心头

既然做了就不许停留
将命运交与大海漂流
历史不存在失败胜利
只有追求者拥有幸福

标题咏叹之四：夸父追日

自古就有失败的英雄
至今不乏成功的懦夫
不信太阳是什么神物
追追追出凡人的脊骨

受惊的太阳未敢停步
栖栖躲藏成日落日出
英魂碧血化一片桃林
留后继者经过时歇足

炊 烟

记忆里有一缕炊烟，
那是我韶华的兑换。
母亲将多少心事塞进了炉膛；
母亲将多少希望升上了蓝天。
生命里仿佛有一个声音，
甜甜地、亲亲地在将我呼唤。

记忆里有一缕炊烟，
悠悠沉入梦的深渊。
袅袅扭曲成九曲八折人生路；
袅袅扭曲成坎坷命运的预言。
生命里仿佛有一个伴侣，
依依地、痴痴地伴我到永远。

记忆里有一缕炊烟，
是梦里的现实是现实里的梦幻。
捉也无影，追也无踪，
终将成了我难解难脱的锁链，
终将成了我瀚海里扬起的征帆。

人间烟火

好高好高的高山下
好小好小的小山村
太阳带着谜　带着梦
消失在身后的山梁
山下炊烟送来缕缕清香

好长好长的山路啊
好沉好沉的山柴
晚风轻啸出万般恐吓
四周森森的柏树林
藏着老爷爷可怕的传说

好疼好疼的肩膀啊
好涩好涩的泪珠
多么想扔下柴捆跑回家
可我一根也舍不得丢
这是我的学费　我的食粮

好黑好黑的夜啊
好亲好亲的呼声
一声高　一声急
那是妈妈在寻找晚归的儿子
扑向妈妈的怀抱啊　我痛哭失声

礼赞田园

太阳西沉
月亮东升
坐在横卧的锄把上
燃一支烟
我独享着田野的宁静

甜甜的秋风在窄窄的田垄上
踏出轻轻的秋声
青色的炊烟与玫瑰色的夕晖
调色出清凉的暮景
多才多艺的秋虫们
徐徐合奏出大自然的朦胧

在五柳先生的浪漫
成为童话的时代里
我依然礼赞田园　礼赞大地
礼赞大自然的恩德和温情